アイちゃんのいる教室

ぶん・しゃしん 高倉正樹

6年1組
にじ色クラス

アイちゃん、6年生になる

アイちゃんとクラスのみんなが6年生になりました。
全員で36人。
いよいよ、卒業の日をむかえます。

アイちゃんがどんな子か、知らない人に紹介しましょう。
「はいっ」と元気に手をあげて、なんでもやりたがる、
明るい女の子。
漢字がとくいで、絵を描くことが好き。
そろばんとピアノの教室に通っています。

みんなより体が小さく、力がよわくて、
うまくできないこともあります。
ほかの友だちとちがって、
先生の言葉がむずかしく、わからないこともあります。

1年生のときから、みんなと同じ教室で、
いっしょに勉強しています。

1年生のころのアイちゃんは、
「あしたもがんばっていいですか。」
が、くちぐせでした。
　2年生のころも、3年生のころも、
勉強、運動会、遠足に学芸会……
全力で、がんばりました。

　ところが、上学年になって、
アイちゃんがみんなと同じように「がんばる」ことは、
すこしずつ、むずかしくなりました。

　4年生から、勉強はどんどんむずかしくなり、
授業についていけない場面がふえました。
学級会の話し合いで、手をあげて意見をいっても、
とんちんかんな答え。
でも、みんなを困らせても、笑われても、
アイちゃんは、はりきって手をあげるのです。

できないのか、やらないのか

アイちゃんが、とくに苦手なのは、体育の授業でした。
バスケットボールは、かたいボールがこわくて、
友だちからのパスが取れません。
サッカーは、みんなの走るスピードに、
ぜんぜんついていけません。
大なわとびも、なわに入るタイミングがわかりません。
チーム対こうでやると、アイちゃんのいるチームは、
たいてい負けてしまいます。

そうじの時間は、さぼることがめだつようになりました。
やることはわかっているのに、
何もせず、ぼーっと立っていて、
先生や友だちに注意されても、のろのろ動くだけ。

アイちゃんは、できないのか。それとも、やらないのか。
やらないとしたら、どうして、やらないのか。

もっとがんばろう、と声をかける友だちもいました。
やらないのなら、しかたない。
いいよ、アイちゃんは放っておこう。
そんなふうにいう子もいました。

本人も、居心地のわるさを感じるのでしょう。
かみの毛をいじるくせがひどくなり、
とうとう、頭の後ろに、まんまるの「ハゲ」ができてしまいました。

「みんなさあ、最近、アイちゃんに冷たくない？」
アイちゃんが、おなかの調子がわるくて早退した日、佐々木先生はきいてみました。

ひょう君がいいました。
「アイちゃんは、ぼくらがしんどい、休みたい
　と思っているときに、手を抜くんだ。」
「本人なりに、がんばってるんじゃないの？」と先生。
「いや、ほんとうはもっとできるのに、さぼってる。」

野外活動

野外活動は5年生最大のイベントです。
初夏、みんなで「蔵王自然の家」に1泊し、
登山や野外炊飯に挑戦します。
1か月前、班を決める話し合いで、佐々木先生はいいました。
「どうやって決めるかは、まかせます。
でも、いつもの仲良しグループは解体してください。」
えーっ？　どうしよう。
わいわいがやがや、さわがしくなりました。

男女に分かれて考えることになりました。
女子は14人。班は6つ。
「どうしようか。」
ためしに仲の良い友だち同士で集まってみましたが、
班は5つしかできません。
じゃんけん。出席番号順。背の順。
どれも、うまくいきません。
男子のほうも、同じくまとまりません。
仲良し同士で、はなれたくない人が何人かいるからです。

もういちど、クラスで話し合いました。
「何人かでかたまって、思い出をつくるために行くのか。
だれと組んでも助け合える、成長の道を選ぶのか。
あなたたちのなかにしか、答えはないんだよ。」
先生の声が、静まりかえった教室にひびきました。

次の週の話し合い。
みずきさんが
「ふだん話し足りないって
思う人といっしょになれば？」
といって、こんどは、
すんなり決まりました。
アイちゃんは、のあさんと
組むことになりました。

女子と男子、それぞれの班が決まったところで、
男女の班の組み合わせを全員で考えました。
どの男子の班が、体力のないアイちゃんを引き受けて、
いっしょに山にのぼるか。
男子の一人が発言しました。
「アイちゃんのせいで、山においてけぼりにされて、
そうなんしたらどうしよう。」
だれもがなんとなく思っていたことでした。

休み時間、先生がアイちゃんを呼びました。
「みんな、アイといっしょになるのが、いやなんだって。」
目に、みるみる涙があふれました。
メガネをおしあげて、2度、3度と、手でぬぐいました。
先生はアイちゃんの手をとると、
おでことおでこをくっつけて、話しかけました。
「やること、ちゃんとやれる？」
「……うん。がんばる。」

先生は、次の時間、呼びかけました。
「みんなのなかにも、いい方がきつい、話をきかない、って
友だちに注意される人がいるよね？ アイも、全力で
やることをやる。みんなも、自分ができていない部分を
考えてみて。そうすれば、友だちがうまくできないところも、
すこしだけゆるしてあげられると思う。」

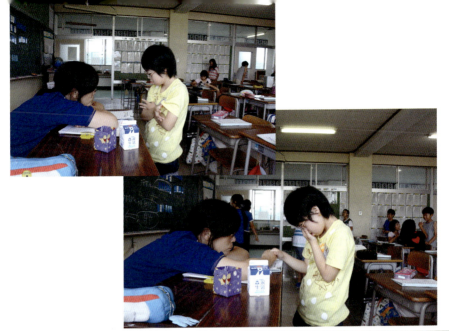

当日はあいにくの雨でした。
楽しみにしていた登山は中止。かわりに、
森でハイキングをすることになりました。
ゆるやかな下りがつづく１キロの山道です。
下り坂の苦手なアイちゃんは、おそるおそる、一歩ずつ進みます。

アイちゃんたちはおくれはじめ、たちまち、
ほかの班の子の姿が見えなくなりました。

「アイちゃん、早く！」

「はぐれちゃうじゃん。」
友だちが声をかけても、ペースはあがりません。
結局、みんなは30分でおりたのに、アイちゃんたちの班だけ
１時間もかかって、ようやくゴールに着きました。

翌日は雨があがりました。
午前中の野外炊飯は、手分けして焼きそばづくり。
午後は、川にバシャバシャ入って、ニジマスをつかみ、
くし焼きにして食べました。

なおき
「全部の班が、すごくまとまっていた。
野外炊飯で、るいが積極的に野菜を切ったり、
たかとも、いろいろ手伝っていた。
はやとも、みんなに声をかけたりして積極的だった。
アイちゃんもアイちゃんなりに全力でやっていた。
友だちの、いつもは見られない面を見られたのがよかった。」

たかと
「ニジマスつかみは大変だった。
もう二度とあの体験はしたくない。かまどで火をたくのも、
むずかしかったけど、自分なりにがんばりました。
みんなで食べた、焼きそばがおいしかった。」

ひゅうが
「行くまえは、みんなでいっしょに寝たり、
おふろに入ったりするのが心配だったけど、
実際に行ってみたら、楽しかった。」

まなみ
「てるや君や、ともたか君が、ふだん話さない人と話したり、
意外な組み合わせがけっこうあって、この2日間は、
みんな明るかった。
すごく仲が良くて、なんか昔にもどったみたいだった。」

のあさんのお母さんが、家でたずねました。
「アイちゃんといっしょのグループで、どうだったの？」
「アイちゃんは楽しいんだよ。おもしろいの。
ニジマスつかみ、がんばってたし。なぜか朝はめっちゃ早起きで、
5時くらいには起きてた。」
「そっか。」
「アイちゃんは、好きなことだけ行動が早い。
好きじゃないことは、助けて……ってオーラを出す。荷物とか、
軽いのに重いふりして『てつだってー』っていってくる。」
「ふーん。だれか、助けてあげるの？」
「なるべく助けない。自分のことは自分でやったほうがいいから。
そうしないと、できることもできなくなっちゃう。」

17

アイちゃんのためだよ！

野外活動が終わって、友だち同士の距離は、ぐっと近づきました。
アイちゃんに冷ややかだった雰囲気も、
すこし変わったようでした。

体育の時間。
バスケの試合の合間に、特訓が始まりました。
ひなさんや、ゆなさん、まなみさんが、パスを出します。
アイちゃんは、なかなか、うまく取れません。
「もう、アイちゃん、なんで取れないのっ。」
「どうして練習しなきゃいけないの」とアイちゃん。
すかさず、みんなが「アイちゃんのためだよ！」

でも、練習のおかげで、
ボールがこわくなくなったのでしょう。
アイちゃんは、コートのいちばんはしっこで、
手をあげ、ぴょんぴょんとびはねて、
味方からのパスを求めるようになりました。
じょうずに受けとめたボールは、次の人にパスする前に、
あっさり、相手チームに取られてしまいましたが。

私はだれ？ダウン症ってなに？

あるとき、アイちゃんが、家でお母さんにいいました。
「アイちゃんって、ダウン症なんだよね？」
お母さんは、あわてました。
だれかがいった言葉を、たまたま耳にしたのでしょう。
いつか説明しようと思って、先のばしにしていた話でした。
「そうなんだよ。知らなかった？
お父さんは花粉症だし、お母さんはちくのう症だし、
アイちゃんはダウン症。みんな大変なんだよ。」
ふうんという顔で、アイちゃんはきいています。
その後も、手にできたブツブツを見つけ、
「ダウン症だから、ブツブツできちゃった。」
とつぶやいたりしています。

クラスの友だちと自分は、
同じところもたくさんあるけど、
ちがうところもある。
みんなが、アイちゃんって呼んでいる自分。
いったい、だれなんだろう。

自分で考えよう、正しい答えはない

「なんにでも答えがあると思わないで。」
「ちゃんと自分で考えなさい。」
担任の佐々木先生が、くりかえし、いってきた言葉です。
最初にクラスを受け持った3年生のときから、
変わっていません。

6年生になったばかりの春の授業参観で、
先生は、新聞の投書をコピーしてくばりました。

目が見えない「全盲」の男性が、観光名所の松島に行ったら、
観光ボランティアの人が、温かく迎えてくれた。
でも、残念なこともあった。
外国人むけのパンフレットはあるのに、
手でさわる「点字」のパンフレットも、
さわってわかるデコボコの地図も、おいてなかったこと。
そんな意見が書かれた文章です。

声に出して読んでから、先生はいいました。

「じゃあみんな、目をとじてみましょうか。」

全員、目をつぶりました。

「こんなふうに、真っ暗な世界の人です。

松島は、日本三景の一つ。美しい島の景色で有名なところです。

ボランティアの人たちの温かさは、よく伝わってきた。

でも、景色の美しさを、ぞんぶんに感じることが

できなかったんだって。はい、目をあけましょう。」

佐々木先生は、問いかけました。
「目の見えない人が、観光旅行に行ったら、楽しいのかな？
みんなはどう思う？　正しい答えはないよ。
自分の考えをプリントに書いてみて。」

意見をきくと、さっと手があがりました。
「楽しくない。自分がどこにいて、どんなものがあるかが、
わからないから。」
「楽しいと思う。空気をかいだりできるし。」
「全盲でも、温かく迎えてくれる人がいれば、楽しいかな。」
「えーっと、楽しくないと思います。だって、目が見えないと
観光にならないもん。」
「楽しい」と「楽しくない」、それぞれ半々ぐらいでしょうか。

先生は、次に、音楽を流しました。
お正月によくきくことのある、「春の海」という曲。
箏と尺八の二重奏です。
「この曲をつくった人、宮城道雄さんというんだけど、
全盲の作曲家です。」
教室におどろきの声があがりました。

「宮城さんは、舟で瀬戸内海をとおったときに、
波の音や舟のろをこぐ音、鳥の声などをきいて、
この曲をつくったそうです。
全盲の人も、観光するし、たくさんのことを味わいたい、
という気持ちもあるんです。味わう喜びもあるんです。」
先生はつづけました。
「目が見えないから何かができないだの、
楽しめないだの決めるのは、私たちじゃない。
それを決めるのは、その人自身なんだと思う。
それが、小学校最後の１年、私があなたたちに
教えたいことです。」

たける君

こんにちは。たけるです。
6年の夏休みに引っ越してきて、
このクラスの仲間になりました。

前の学校は「ザ・まじめ」みたいなクラス。宿題の量も、
ここよりハンパなく多いんです。それにくらべると、
太白小学校の6年1組は、まあ、まじめじゃないとは
いいませんが、活気があるというか、
明るくて元気なクラスだなあと思います。
学年に一つのクラスしかないからかもしれないけど、
みんな連けいがとれているんですよ。
いつもは、ちゃらちゃらしている人もいるんですけど、
いざというときは、協力してやる。そこがいいと思います。

転校した日、全校集会であいさつしたら、りく君が近づいてきて、
初対面なのにあくしゅしてくれました。うれしかった。
いま、友だちはいっぱいいます。すごく仲がいいのは、
りょう君と、りょうた君と、あと、はるたか君、りょうせい君、
ゆうだい君。よくいっしょに遊びます。

学級目標も、前の学校は
「笑顔」「全力」「あきらめない」
みたいな、どちらかというと熱血な感じ。
でも、こっちにきたら「にじ色クラス」。
え、何それ？　って最初は思った。
もともと、はじけたい性格だったんで、
6年1組にきて解放された、っていうか、
性格がより明るくなった。

アイちゃんみたいな人は、前の学校にもいました。
でも、ここは、みんなが平等に接している感じで、距離がない。
なんか、教育がいいなあって思います。

にじの下半分にあるものは？

6年1組が、いじめについて考えることになりました。
きっかけは、かずま君の一言でした。

学芸会の合唱・合奏について話し合ったときのことです。
みんな輝け！　にじ色に
という合言葉が決まりました。
一人ひとりの色はちがう。
いろいろな仲間がいて、それぞれが活躍すれば、
にじ色に輝く——。

かずま君が、感じたことをいいました。
「にじは、ほんとうは円なのに、ぼくらには、
いつも半分しか見えない。かくれている残りの半分は、
いじめや悪口かもしれない。」
「かずまの意見、どう思う？」佐々木先生がききました。
「からかいや仲間はずれは、うちのクラスにもある。」
「いじめられるほうにも問題があると思う。」
そんな声があがりました。

話し合いは、次の授業に持ち越しになりました。

「まず、自分が意地悪された場面を思い出してみて。自分がダメだったかもしれないところはある？」と先生。
みんなで、プリントに書いたり、発表したりしました。

「自分も相手の悪口をいっていた。」
「友だちの気にいらないことをしてしまった。」
「やめて、といえなかった。」
「相手をからかった。」
「言葉づかいが、生意気だった。」
アイちゃんも一言、「とくべつあつかい」と書きました。

さらに授業はつづきました。

べつの日。

先生「では、相手にダメなところがあったら、
その人をいじめてもいいの？」
みんな「……だめだと思う。」
先生「そういう人と、いじめや意地悪ぬきでつきあうには、
どうすればいいんだろう。」

いろいろな意見が出ました。

「その人のいいところを見つければいい。
がんばっているところを見れば、わるいところは
あまり考えなくなる。」
「こちらのハードルをすこし下げる。
『またくだらないこといってる』と思うことにして、
聞きながす。さりげなく話題を変える。」
「なやみをきいてあげる。」
「あえて近くに寄る。相手のいいところをほめれば、
距離がちぢまる。友情があれば、いじめにならない。」
「自分のわるいところも、同時にすこしずつ直していく。」
「ちょっとずつでいいから、自分の気持ちを相手に伝える。」
「何かいう前に、この子はこういう言葉をいわれたら
どう思うのかな、って考えてから発言をする。」

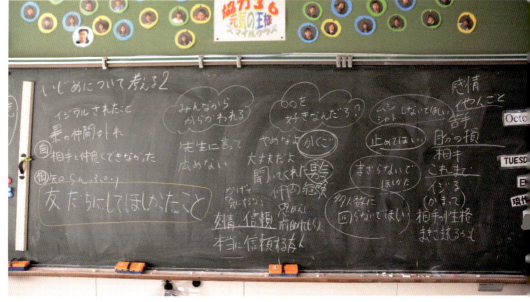

相手を変えようとするのではなく、自分がまず変わる、ってことなのかなあ。

36の「にじ色」

みんなが考えつづけた「にじ色」って結局、なんだろう。
それは、みんなを、どんなふうに変えたんだろうか。
卒業を前に、きいてみました。

なおき

「先生にまかせるんじゃなくて、自分たちだけで、一つのことをやりとげる。そのときに、自分たちの個性を出しながら、やっている。それがにじ色に輝くということなのかなあ、と想像していました。一人や数人よりも、みんなで輝けたほうが楽しい。自分のことをいえば、努力や練習がきらいだったけど、いまは『とりあえずやろう』と思えるようになった。」

「一人ひとり、自分の個性を光らせて、それが集まったのがにじ色という感じです。自分は、ちょっと目立たない色ですかね。むらさきとか。このクラスはうるさいけど、仲間意識は強くなった。アイちゃんみたいな人がいたから、まとまりがよくなる。全員が協力的になったと思う。」

りょうせい

ゆうだい

「信らいできる仲間がいれば、苦手なことも補い合っていける。おれなら、足は速いけど、不器用。ちがう子が、その不器用さをかばってくれる。そうやって支え合っているクラス。人のことをちゃんと信らいして、先生にたよりきるんじゃなくて、自分たちで案を出して、ここまでやってきたからだと思う。」

「この１年、みんなと仲良くできた。友だちから、『もっとこうしたほうがいいんじゃない』っていわれて、どんどん変わっていった感じがする。あと、歌を歌うのが楽しくなった。もっと、みんなに優しくできる人になりたい。人は個性がいろいろあるじゃないですか。将来もちがう。で、夢に向かってがんばるのが、その人の色だと思う。私は、オレンジか黄色かな。」

みゆな

あやと

「みんなで何かをやって、成しとげられたとき、笑顔になる。同じクラスだけじゃなく、下級生も入った縦割り清掃のチームとか。それが、にじ色になるということ。だんだん低学年ともふつうにしゃべれるようになったし、遊ぶ友だちがふえた。」

「にじ色は一人ひとりの個性。その個性を尊重する、一人ひとりをしっかり認め合う、みたいな感じなのかなあ。自分は１、２年のときは泣いてばっかりで、人と全然話せなかった。注意もできなかった。いまは、えんりょがなくなって、いろんな人とふざけあえるようになった。たぶん、仲良しグループだけでいつも何かしていたら、こうはならなかったと思う。いろんな人に話しかけて、ほんとうの姿が見えてきたら、おたがいえんりょがなくなった。仲良しグループも、あるっちゃあるけど、だいぶ薄まってきたかな。だれにいっても笑顔で返してくれる。だから、居心地がいい。」

まなみ

ともたか

「うーん、６年間で変わったのは、下級生やいろんな人に、自分から声をかけられるようになったこと。友だちを信らいできるようになった。にじ色クラスって、赤とか黄色みたいに、明るい人もいるけど、青やむらさきとか暗い人もいる。いろいろな色があってよくて、それが平和、っていう感じかな。最近、そういうことが見えてきた。」

ゆうと

「いじめの授業で、自分が変われば、まわりも変わることを学んだ。いじめを見て見ぬふりをしないようにしたい。そして、いじめられている人に、自分から一言声をかけてあげたい。」

ひな

「にじ色は笑顔。みんなで協力して、すごくたくさん笑ったら、クラスの雰囲気が変わった。まえはいえなかったけど、自分の気持ちや意見をいえるようになりました。これからも、前向きに、何事もあきらめずに取り組んでいきたい。」

ちか

「以前は人見知りもあったけど、学校行事や委員会で、低学年の子と仲良くできた。責任感がもてるようになった。中学校生活も、自分しかないものをだいじにして過ごしたいなあと思う。」

ゆな

「人を思いやることができるようになった。それが、6年間で成長したと思うところです。中学に行ったら、人に優しくできる人になりたい。」

ひろと

「にじ色って、みんなの性格やセンスが輝くっていう感じ。ぼくは、気が合わなくてしゃべれなかった人とも、いっぱいしゃべるようになった。明るくなった。自然観察とか、学芸会、陸上記録会、どれも楽しかった。」

「自分のことだけ考えてもしょうがない。自分の視点じゃなくて、ほかの人の視点で見ることがにじ色なんじゃないかなあ。以前は何かいわれると、むきになっていたけど、いまは流せるようになった。あとは、本音を出して深い話ができるようになった。そこが成長したところです。」

りゅうせい

じゅり

「6年生の学芸会をとおして、みんなともっとわかりあえた気がする。それまで声を大きく出したりすることが苦手だったけど、歌をがんばって練習したら大きな声で歌ったり、ほかの人と気軽に話したりできるようになった。
36人が自分の色で輝いている。できること、できないこと、それぞれある。だれかのできないところは、受けとめてあげたい。できないから放っておくんじゃなくて、やり方を教えてあげたり、いっしょにやろうと声をかけたりしたい。アイちゃんはぎりぎりまでがんばって、みんなに追いつくこともあるし、結局できないときもある。そんなこといったら、できない部分は自分も他のみんなにもある。友だちだし、そこはわかってあげたい。」

「やさしい光があふれて、にじ色になる感じです。ぼくは、できないことを、がんばって直そうと思うようになった。自分ががんばると、まわりの目も変わってくる気がする。ケンカもあったけど、仲直りしたし、学年が上がるごとに友だちもふえた。だから、最高のクラスです。卒業はさびしいです。」

はやと

37

「一人ひとり、いいところ、わるいところも別べつ。だから、にじ色。自分のいいところは、自分で行動できるところ。わるいところは、なんだろう、たまに宿題とかさぼっちゃったり、先生の話をきかないところかなあ。でも、6年間で、話し合いのときに意見をいえて、いろいろなことで『負けないぞ』という気持ちが出てきた。合唱も、力いっぱい全部出しきった。」

みずき

あい

「にじ色は、3月18日の卒業式に、体育館で、桜とにじをぱっとのせる感じです。私は、色にたとえるなら、ピンクと水色と灰色です。6年間、全部楽しかった。中学生になるのはドキドキしているんですけど。中学校では美術部に入りたいです。」

「学芸会の合唱は一つになったと思う。にじっているより、一つに混ざった色のほうが、ぼくは好きです。この学校に、たまたまこの36人が集まった。いいこともわるいこともたくさんあったけど、一人でも欠けたら、みんなで喜びを分かち合えないと思うから。ぼくの成長は、先生の話をまじめにきくようになったことと、下級生に優しくなったこと。でも、人を思いやったり助けたりすることが、まだすこし足りてない。人を守れる強い力がほしい。」

りく

たかと

「十人十色。うちのクラスだと、36人36色ですね。居心地はいいです。ぼくは、6年生になって、プールで泳げるようになった。あと、食べものの好ききらいがほとんどなくなった。このままではダメだという気持ちになったら、いままでできなかったことが、一気にできるようになりました。」

「人の観察力が上がった。考えてみたら、まえは、他人の気持ちをあんまり考えてなかった気がする。最近は、あまり話さなかった子にも、ちょくちょく話しかけるようになった。」

しおり

れいじ

「合唱で一生懸命歌っているとき、ああ、みんな努力してるんだなあと、伝わってきた。みんながみんな同じことをできるわけじゃないけど、みんなが全力で努力はできる。そうやっていっしょに乗り越えていくことは楽しかった。苦手なことでも、逃げなければ団結が深まる。このクラスはいいクラスだなと思った。」

「にじ色は、一人ひとりが、同じ一つの目標にむかって一生懸命やっているということ。そうなると、みんなが輝ける。成長がある。自分自身は、人には必ずいいところがあるので、わるいところだけでその人を判断しないほうがいいと思うようになった。友だちや下級生に、いいたいことをいえるようになった。」

るい

あいら

「5年生ぐらいから自分で考えて行動するようになった。自分の意見をちゃんと持たなきゃだめだと思えてきた。にじ色に輝くっていうのは、うーん、なんか、一人で活躍するより、みんなでいろいろなことをやって活躍したほうがいい、ということかなと思います。そのほうが、やりきったっていう達成感がある。」

「陸上記録会の練習で、どんどん足が速くなった。もともと、そんなに速かったわけではないし、最初は練習もきつかったけど、友だちと競って走っていたら、記録が伸びていって楽しくなった。本番はきんちょうしたけど、100メートルで3位に入賞しました。友だちがいてくれなかったら、記録は伸びなかったと思う。すごくいい思い出になりました。」

ひゅうが

かずま

「いじめの授業をやってみて、クラスが一つのかたまりになっている感じがあった。自分だけじゃない、みんな苦しい思いをしているんだなあって見えてきた。あのおかげで、男女関係なく話すようになったし、いままで仲がわるかった人同士も仲良くなったりした。団結力が生まれた気がする。いろいろな行事で友情もめばえたし、目標を達成した、といううれしさがあります。そのたびに、にじ色に近づいた気がした。『ああなるほど、これがにじ色か』っていうのはわかった。」

ひょう

「自分だけで楽しむのではなく、全体を考えながら協力して成功させる楽しさを学んだ。去年はまだけっこうバラバラでした。5年生まで、なんとなくはずかしい気持ちがあって。でも、6年の陸上記録会あたりから、男子も女子も雰囲気が変わってきた。みんなでやったほうが楽しいことが見えてきて、ケンカもなくなった。にじ色っていうテーマにアイちゃんは必要で、アイちゃんがいなかったら、仲間のつながりも、ここまで強くなかったと思う。アイちゃんはまだ少しあまえているっていうか、自分は少し特別なんだっていう意識がある。あれは直したほうがいい。でもアイちゃんがいたことで、自分だけが楽しむんじゃなくて、ほかの人のめんどうをみながら全体を考えるっていうことを学んだ気がする。大人になって社会に出たとき、そこにはいろんな人がいる。どうすれば仲良くなれるか、協力できるか、っていうことを考えたいと思う。」

「卒業でバラバラになるから、最後にみんなで輝こう、一人ひとりの色をとりもどそうっていう、それがにじ色に輝くことだと思う。自分は青か水色系かな。縦割り清掃や委員会活動で、仲間と協力して、あまりしゃべったことのない子たちとも友だちになったり声をかけあったりした。相手のわるいところをしかるのではなく『ここはこうしたほうがいい』とアドバイスして、ほめるところはほめてあげる。コミュニケーション力を高めることができたし、精神的に強くなった。」

そよか

りょうた

「にじ色は、みんなでいっしょに、明るく生活していることだと思う。自分は6年間で、なんか、人なつっこくなった気がする。転校生と、すぐ友だちになれるようになった。人の気持ちを想像して、不安な人を勇気づけたいと思うようになった。中学になったら、もっと優しい人になりたい。」

「最後の学芸会の前に、おじいちゃんが亡くなりました。せりふをいうとき、涙がとまらなかった。みんなには、これからも学校を休まないで元気に過ごしてほしい、という気持ちです。健康がまずだいじって思います。それがにじ色に輝くっていうことだと思います。」

はるたか

「いろいろな人と話すようになった。ポジティブに考えるたいせつさを知った。あっというまの1年間でした。中学では、勉強をがんばりつつ、部活もがんばっていきたい。」

しゅうじ

「作文がすらすら書けるようになった。5年生までは、あまり得意ではなかったけど、6年生の運動会の作文はうまく書けた。これから、韓国語とか、中国語を勉強したいなって思っている。」

てるや

「6年間で、性格が明るくなって、いろんな人と話せるようになりました。自分で意識して、変わるようにしました。にじ色に輝くって、クラスが団結することだと思う。私は、色でいったらむらさきだと思います。」

ひかる

「明るい元気な子ばかりだと、明るい色だけになっちゃう。ちがう色、暗い色もいたほうがいい。クラスとしては、にじ色の色がふえると、いいと思うんです。もっと笑顔になれるっていうか、明るい色の子ばっかりだと、すぐにいろんなことが決まっちゃう。ちがう色の人がいたほうが、いろんなことを話し合える。たとえば、アイちゃんみたいな人がいれば、失敗して、くやしい思いをして、みんなで話し合う。6年間、意外と楽しめました。」

りょう

のあ

「あまり友だちとケンカをしなくなった。友だちの幅が広がったと思う。あと、大きな声で歌を歌えるようになった。これからも、明るく元気に、いいたいことはちゃんという人になりたい。いいたいことがいえなくてそんするより、いったほうがいいと思うから。そうして、トラブルやケンカのない、平等なクラスにしたい。それがにじ色に輝くことだと思うから。」

「6年生になって、小さいことであんまりおこらなくなった。それと、いじめの授業を受けて、できるだけ人に優しくしようと思うようになった。一人ひとりの個性、性格は同じものがない。似ているとしても、どっか違う。それが集まると、にじになる。」

あかり

たける

「いじめの授業は、いじめのことを真剣に考えることができて、ほんとうによかった。自分も、だれかがいじめられているとき、それが親友じゃなくても助けたいと思いました。」

卒業

教室にあたたかい日ざしが差しこんできます。
けさは、暖房を入れなくても、だいじょうぶそうです。
窓ぎわに座っている子が、すこしまぶしそうにカーテンを引いて、
いつものように授業がはじまります。

入学して6度目の春。
別れのときが近づいていました。

残りの日々が、なごりおしいのか、
いじめの授業で、気持ちをはきだしたからか。
みんなの距離は、ますます、ちぢまっていました。
休み時間は、男子も女子もなくじゃれあい、
たわいのない話で盛りあがりました。
アイちゃんが、そこに加わることもあれば、
そうでないこともありました。
卒業アルバムに、友だちから寄せ書きのメッセージをもらった日は、
うれしそうに家に持って帰ってきました。

卒業式。
名前を呼ばれて卒業証書を受け取った、一人ひとりの顔は、
どれも晴れ晴れとして、りっぱでした。

法律では言えないけれど一番大切なこと

「人間」とは「人」の「間」と書きます。この「間」は、何百キロも離れていたり、数センチのところにいたり、すぐ近くにいても遠い感じ、遠くても近い感じなど様々です。家族、親子、きょうだい、友だち、親友、夫婦などの「間」もあります。アイちゃんたちは6年かけて、ついに「仲間」になりました。太白小学校の6年1組バンザイと叫びたくなりました。

障害のある人への支援の在り方は、時代や社会背景によって大きく変化してきています。150年ほど前の江戸時代まで、障害のある人の多くは出産時に助かりませんでした。助かっても、座敷牢などに入れられたりして、人の目に触れないようにされた記録もあります。その後、施設で世話してもらうことが幸せだと考えられるようになり、たくさんの大型施設が建てられました。そして昨今はノーマライゼーション（一般市民と同様の生活・権利などが保障されるように環境整備を目指す）、インテグレーション（統合）、インクルージョン（包括）というように、世界的に、障害のある人もない人も一緒に生活していける社会の実現へと進んでいます。

2016年4月から障害者差別解消法が施行され、「基礎的環境整備」とか「合理的配慮」の必要性が言われていますが、人を思いやる心がもっとも必要ということは、法律では言えないのかもしれません。以前、ある大きな病院を見学したときのことです。婦長さんが、大きな浴室に体重の重たい人を入浴させるためのクレーンのような器具や、車椅子の周りにお湯の入った浴槽が上がってくる装置を案内してくださいました。そして、「どんなすばらしい機械よりも人間の手が一番なんですよ」と笑っていたことが、忘れられません。「アイちゃんのいる教室」シリーズ3作の中に出てくる「大きくなっていくいきかたは、みんな、ちがうんだよ」「じゃあ、仲間って、仲よし同士でないといけないの？」「にじっていうより、一つに混ざった色のほうが、ぼくは好きです」などという登場人物の言葉は、著者の高倉氏の願いそのものなのではないかと思っています。

私たちの社会が、弱い人や障害のある人が一緒に「住みやすく」住める、本当に成熟した社会になるためには、お金も物も必要ですが、かぎは一人一人の心の成熟にあるのではないでしょうか。「アイちゃんのいる教室」は、どんな法律よりも制度よりもお金よりも響き、心を耕してくれました。

帝京平成大学教授（現代ライフ学部児童学科長・教職センター長）
横田雅史

筆者あとがき

障害のある子どもとない子どもが同じ教室で学ぶことは、どんな効果をもたらすのか。そういう実証研究はあまり進んでいないのです、と大正大学教授で日本ダウン症協会代表の玉井邦夫さんに言われたとき、新聞連載でそれをやってみよう、と思い立ちました。まだアイちゃんたちと出会う前のことです。

大人になっても覚えている「教室」体験が、僕にも二つあります。

一つは東京・八王子で過ごした小学生時代。同じクラスの女の子が（いま思うと自閉症かそれに近い発達上の障害があったと思うのですが）気になっていました。何かの拍子に教室中が盛り上がっても、一人だけ笑わない。どこかタイミングがずれる。それが不思議で、その子の横顔をじっと見つめていた記憶があります。

次の場面は中学生、父親の転勤に合わせて家族でアメリカに住みはじめたころです。現地のクラスで日本人は自分だけで、見た目も考え方もみんなと違う。なじみのある世界が崩れていくように感じました。

「どうしてアイちゃんは、みんなと同じことができないの？」と母にたずねる同級生。「私ってだれなんだろう」と自問するアイちゃん。

まわりの誰かとの差異が、自分という個の輪かくをいつも教えてくれる。太白小の教室で語られる言葉や気持ちはそのまま、あのころの僕自身と重なりました。

アイちゃんと同級生たちは、教科書の知識ではなく、日々の葛藤やぶつかり合いの中から自分なりの答えにたどりつきます。そうして見つけた言葉は、ふわふわせず、ずしんと重みがあって、人の顔つきをたくましく変えていくものだと知りました。これからどこにいようとも、その言葉は、見えない力をみんなに与えてくれるにちがいないと思います。

36人はそれぞれ中学校に進み、勉強に部活にがんばっています。アイちゃんも特別支援学級の2年生。一人でバスに乗り、元気に通っています。同じ学校には太白小時代の同級生が半分以上いて、ふだんは別々の教室ですが、合唱やミニ運動会などの行事では一緒になるそうです。

玉井さんの一言にみちびかれて6年間、道筋もゴールもまるで見えない取材の道のりを、たくさんの人が支えてくださいました。あらためて感謝いたします。ありがとうございました。

★ダウン症　遺伝情報を伝える22対の常染色体のうち、21番染色体が1本多いことで起きる先天性の障害。弱い筋力、知的発達の遅れ、心疾患などの合併症が特徴だが、大きな個人差がある。最初に報告した英国のダウン医師から名づけられた。

高倉正樹

みんな ありがとう

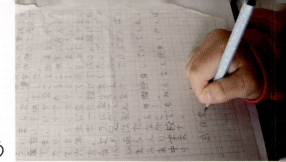

私の１年生の身長は100ｃmでした。
川村先生から発表名人の賞状をもらいました。
漢字が得いで元気で面白い子供でした。
でも、いやなことがあるとかくれたり、
つかれると先生におんぶしてもらったりしていました。
六年生になって133.7ｃmになりました。
ボール投げでは10m投げられるようになりました。
プールでバタ足ができました。
100点は取れなかったけどがんばりました。
みんな６年間仲良しでいてくれてありがとう。
中学校でもみんなと仲良くがんばります。

武田 愛

（６年生最後の作文より）

高倉正樹

1973年東京都生まれ。読売新聞社入社。盛岡支局、東北総局(仙台市)を経て、現在は東京本社。著書に『赤ちゃんの値段』(講談社)、『アイちゃんのいる教室』シリーズ(偕成社)など。

ブックデザイン／タカハシデザイン室
題字・見出し／荒井良二
イラスト・版画／武田愛
表紙と裏表紙のランドセルは6年1組のみんなが図工の授業で描きました。

協力／仙台市立太白小学校(異動・退職した方を含む)　武田洋(校長)、菅原光敏(教頭)、大場隆幸(教頭)、板橋宏明(教諭)、佐々木直子(教諭)、色川雄峰(教諭)、そのほかの先生方／
日本ダウン症協会　玉井邦夫、宮城仙台支部「どんぐりの会」／
鎌田保之、久美、太白小学校区内米づくりボランティアの皆さん／
宮城道雄記念館／読売新聞写真部　菅野靖／阿部未愛、純子／
武田淳、美法、優／アイちゃんのクラスの子どもたちと、保護者の皆さん

＊この作品は、読売新聞宮城県版で2014年2月25日～28日、2015年3月25日～31日、2016年3月22日～31日に連載された記事をもとに、単行本化しました。

アイちゃんのいる教室 6年1組 にじ色クラス

高倉正樹／文・写真

発行／2017年7月初版1刷
発行者／今村正樹
発行所／偕成社(かいせいしゃ)
〒162-8450　東京都新宿区市谷砂土原町3-5
TEL.03-3260-3221(販売部) 03-3260-3229(編集部)
http://www.kaiseisha.co.jp
印刷／小宮山印刷
製本／常川製本

NDC726　48p.　22cm　ISBN978-4-03-417140-0
©2017, The Yomiuri Shimbun　Published by KAISEI-SHA.　Printed in Japan.

乱丁本・落丁本はおとりかえいたします。
本のご注文は電話・FAXまたはEメールでお受けしています。
Tel：03-3260-3221　Fax：03-3260-3222
e-mail：sales@kaiseisha.co.jp